AF305629

VENTE

Des Jeudi 5 et Vendredi 6 Avril 1877

HOTEL DROUOT, SALLE N° 3

OBJETS

D'AMEUBLEMENT

ET

DE CURIOSITÉS

MARBRES ET TABLEAUX

APPARTENANT A MME TH***

EXPOSITION PUBLIQUE

LE MERCREDI 4 AVRIL 1877

Me ESCRIBE, COMMISSAIRE-PRISEUR

M. ÉMILE BARRE, EXPERT

Quantin imprimeur
S: Benoit 7 a Paris

CATALOGUE

D'UNE INTÉRESSANTE COLLECTION

D'OBJETS

D'AMEUBLEMENT

ET

DE CURIOSITÉS

MEUBLES DES ÉPOQUES LOUIS XIV, LOUIS XV ET LOUIS XVI

BRONZES, TERRES CUITES ET MARBRES

Dont une charmante STATUETTE par G. D'ÉPINAY

ANCIENNE PORCELAINE DE SAXE ET DE CHINE

TABLEAUX ANCIENS ET MINIATURES

ARGENTERIE ANCIENNE ET IVOIRES

ÉTOFFES ET TAPISSERIES

*APPARTENANT A Mme TH***.*

DONT LA VENTE AUX ENCHÈRES AURA LIEU

PAR SUITE DE DÉPART

HOTEL DROUOT, SALLE N° 3

Les Jeudi 5 et Vendredi 6 Avril 1877

A DEUX HEURES PRÉCISES

PAR LE MINISTÈRE DE **Me ESCRIBE**, COMMISSAIRE-PRISEUR

6, rue de Hanovre

ASSISTÉ DE **M. ÉMILE BARRE**, EXPERT

20, Chaussée-d'Antin

EXPOSITION PUBLIQUE

LE MERCREDI 4 AVRIL 1877, DE 1 HEURE A 5 HEURES 1/2

CONDITIONS DE LA VENTE

Elle sera faite au comptant.

Les acquéreurs payeront *cinq pour cent,* **en sus des** adju-
dications, applicables aux frais.

DÉSIGNATION

MEUBLES

1. — Très-jolie petite Commode en marqueterie de boule, ornée de bronze doré.

2. — Meuble d'entre-deux de même travail.

3. — Belle Commode en bois de violette, ornée de filets de cuivre.

4. — Petite Table en bois doré à dessus de marbre.

5. — Joli Écran en tapisserie d'Aubusson.

6. — Très-belle Glace Louis XIV en bois sculpté et doré, parties à jour.

7. — Autre Glace de même époque et de même travail.

8. — Petite Glace Louis XIV gravée, avec cadre sculpté.

9. — Paravent à quatre feuilles en satin brodé.

10. — Guéridon en bois doré avec tablette en marbre griotte d'Italie.

11. — Deux Gaines en ébène, style Louis XIV, avec ornement en bronze formant cariatides.

12. — Très-beau Bureau Louis XIV, en marqueterie de cuivre, sur fond d'écaille noire.

13. — Charmant petit Cabinet en ancien laque de Coromandel, avec tiroirs à l'intérieur.

14. — Grand et beau Meuble à hauteur d'appui, formant bibliothèque en bois des îles et orné de bronze doré.

15. — Très-belle Glace Louis XIV, en bois sculpté à jour et doré, ornée d'un fronton à tête de Satyre.

16. — Deux autres jolies petites Glaces de même époque et de même travail.

17. — Deux autres de même genre ornées de Sirènes.

18. — Belle Pendule Louis XIV en marqueterie de boule, avec son socle à jour.

19. — Grand et beau Meuble époque Louis XIII en chêne noirci à fronton et colonnettes.

20. — Deux petites Consoles à tiroirs, avec fronton en chêne sculpté et noirci.

21. — Table à pieds tors, en chêne noirci et sculpté.

22. — Six Chaises de salle à manger, en bois noirci sculpté, couvertes en satin chine.

23. — Grande Glace style Louis XIII, avec cadre en écaille garni d'ornements en cuivre repoussé.

24. — Coffre italien, en bois sculpté et doré, reposant sur quatre pieds et orné de figures d'Amours.

25. — Très-belle Cheminée en bois sculpté, à cariatides formées par des têtes d'anges, et ornée d'une frise avec Chimère et figurine dans des rinceaux.

26. — Petite Table à ouvrage en bois de rose marqueté.

27. — Petit Meuble à hauteur d'appui, formant bureau et orné de bronze style Louis XIV.

28. — Petite Table dite tricotteuse, époque Louis XVI, en acajou orné de cuivre.

29. — Petite Console applique en bois sculpté avec oiseau.

30. — Petit Meuble en bois noirci avec incrustation d'ivoire gravé.

31. — Écran en bois noirci avec étoffe chinoise, et figures brodées en fin.

32. — Grande Toilette en bois de thuya, à dessin de marbre blanc, avec glaces et tablettes.

33. — Armoire à linge avec glace dans le panneau du milieu, en bois de thuya.

33 *bis*. — Piano droit en palissandre de Erard.

34. — Petit Tabouret Louis XIV, bois doré, couvert en ancienne soierie.

35. — Petite Table Louis XIV en bois sculpté et doré, à trois pieds.

36. — Petit Tabouret en bois doré couvert en soie rose.

37. — Deux Consoles à mascarons, en bois sculpté et doré.

38. — Jolie Console Louis XIV, avec tablette en bois sculpté et doré, ornée de deux médaillons en émail.

39. — Petite Table couverte en velours dans le style Henri II.

40. — Deux belles Torchères en bois sculpté, formées par des groupes d'enfants, travail vénitien.

41. — Jardinière en bois noirci, avec panneau peint, orné d'un sujet mythologique.

42. — Deux autres Jardinières avec panneau de laque en relief.

43. — Petite Table à volets en palissandre.

44. — Charmant petit Meuble de boudoir, composé d'un canapé, et 4 chaises couvertes en ancienne étoffe de soie lamée d'argent.

45. — Table en écaille et marqueterie de bois.

46. — Six Fauteuils Louis XIII en noyer sculpté, couverts en tapisserie au point et soie à fleurs.

47. — Très-beau Paravent à 6 feuilles, époque Louis XIV, en soie brodée; montant en noyer sculpté.

48. — Très-belle Commode de Louis XIV, en bois des îles, richement ornée de bronze doré.

49. — Deux anciennes Colonnes torses, en bois sculpté et doré.

50. — Cariatide en bois sculpté, partie bronzée et partie dorée, formée par une figure de femmes.

BRONZES, MARBRE, TERRES CUITES

51. — Charmante Statue en marbre par Prosper d'Épinay. Avant le bain.

52. — Joli Buste de Nymphe, également en marbre, par Michelas.

53. — Autre Buste de jeune Bacchante, pendant du précédent.

54. — Très-joli groupe en terre cuite de Carrier-Belleuse. Femmes nues supportant une vasque.

55. — Autre joli groupe du même artiste. La Confidence.

56. — Petit Groupe en terre cuite, signé Colas.

57. — Très-beau Portrait en bronze argenté de Henri IV enfant, grandeur nature, d'après Bosio.

58. — Petit groupe en terre cuite de Kley. Nymphe et Satyre.

59. — Très-belle Statuette équestre de Louis XIV, sur socle en bois noir.

60. — Buste de jeune Femme avec guirlandes de fleurs en terre cuite.

61. — Très-curieux Buste de Mirabeau, en ancien biscuit de la fabrique de Paris, avec socle orné de bronze.

61 *bis*. — Buste de Femme en terre cuite, costume de l'époque de Louis XIV.

62. — Statuette de Vénus endormie, signée de Kley.

63. — Très-beau Buste de Henri VIII en bronze.

64. — Beau Groupe en pierre sculptée de la fin du XVIe siècle, représentant le dieu Pan.

65. — Deux grandes figures de Danseurs et Danseuses, travail vénitien moderne.

66. — Très-beau haut-relief en chêne, époque Louis XIV, représentant la Vierge en prière, avec riche bordure sculptée.

67. — Beau Groupe en bronze de Perraud, représentant Bacchus enfant tourmentant le dieu Pan.

68. — Statuette en albâtre de la Vénus Callypège, signée de Pisani.

69. — Joli petit Buste en bronze : Portrait de la duchesse de Polignac.

70. — Très-beau Groupe en terre cuite, attribué à Clodéon : Nymphe et Satyre.

71. — Deux Jardinières, bronze noir et doré, style chinois.

72. — Petite Suspension, bronze gravé et à jour.

73. — Cartel en bronze, style Louis XVI.

74. — Jolie petite Pendule d'applique, Louis XV, en bronze doré.

75. — Belle petite Pendule Louis XVI, de Buveau, en bronze doré avec figurine d'Amour.

76. — Deux petits Flambeaux Louis XVI, également en bronze doré.

77. — Deux Lampes en porcelaine du Japon montées en bronze.

78. — Vase en marbre rouge et noir, avec ancienne monture Louis XVI, en bronze doré.

79. — Deux petits Candélabres à 3 lumières, en bronze doré, formé par des vases en marbre rouge et noir.

80. — Très-jolie petite Fontaine à thé en vieux chine, famille verte, monture Louis XV, bronze doré, ornée de fleurs de saxe.

ÉMAUX CLOISONNÉS

PORCELAINES ET FAÏENCES

81. — Curieuse Coupe en vieux Céladon, sur socle en bois de fer.

82. — Grande Vasque en émail cloisonné fond turquoise, décor de fleurs.

83. — Deux Vases, forme bouteille, en émail cloissonné.

84. — Deux grandes Potiches chine, genre de la famille verte, sur socle en bois noir sculpté.

85. — Ancien Vase chine de la famille verte, monté en bronze doré.

86. — Deux Potiches en ancienne faïence de Delft.

87. — Deux Vases en faïence anglaise.

88. — Jardinière en ancienne porcelaine du Japon à figures.

89. — Deux Potiches à couvercles en vieux Japon, avec monture en bronze doré.

90. — Deux Vases en terre émaillée, gris, à gaudrons.

91. — Deux Plats en faïence de Naples, à sujets mythologiques.

92. — Deux grands Vases en faïence italienne, à anses décorées de figures.

93. — Deux grands Vases de Chine, à fond craquelé, avec figures dans des paysages.

94. — Deux Potiches en Delft, décor bleu.

95. — Deux Vases Céladon, rouge flambé.

96. — Curieux Vase, formant brûle-parfum en ancien émail cloisonné, avec pieds formés par des têtes d'éléphants, sur socle en bois de fer.

97. — Deux grands Oiseaux également en émail cloisonné.

98. — Deux Vases à couvercles, en saxe, décor d'enfants en camaïeu rose.

99. — Corbeille en porcelaine de Mayence, décor de fleurs et oiseaux.

100. — Deux jolies Coupes en émail cloisonné, fond rouge sur socle en bois de fer.

ANCIENNES PORCELAINES DE SAXE

ET AUTRES

101. — Deux superbes Cache-Pots à oreillons, époque Louis XV, décorés de bouquets de fleurs.

102. — Très-beau Candélabre à trois branches, formé par une figure de femme assise, tenant un vase brûle-parfum.

103. — Deux jolis Vases avec décors de fleurs peintes et en hautre-lief.

104. — Deux belles Corbeilles, également décorées de fleurs.

105. — Une Soupière et trois beaux Plateaux, avec médaillons de figures et à bord vert quadrillé.

106. — Bourdaloue, avec décor de bouquets de fleurs.

107. — Deux charmants Groupes de deux figures d'enfants tenant des guirlandes de fleurs.

108. — Petit Groupe : Céphale et Procris.

109. — Autre groupe de deux Amours entrelacés.

110. — Groupe de deux figures, porcelaine de Ch. Théodore.

111. — Deux jolies Statuettes saxe : Marquis et Marquise.

112. — Deux autres : Marchand et Marchande de poissons.

113. — Deux autres : les Petits Marchands russes.

114. — Deux autres : Nègre et Négresse.

115. — Deux autres : Amours, sujets allégoriques des Saisons.

116. — Deux autres : Amours tenant des guirlandes de fleurs avec des écussons.

117. — Deux autres Statuettes : le Marchand de légumes et le Rôtisseur.

118. — Deux Statuettes : une de Ch. Théodore et une en saxe.

119. — Statuette en mayence : le Petit Marchand de fleurs.

120. — Statuette en saxe : le Petit Marquis.

121. — Charmante petite Pendule en saxe, Louis XV, formé par une figurine debout : *Le Temps*.

121 *bis*. — Statuette saxe : le Joueur de violon.

122. — Un joli Groupe en saxe : Louis XV. La Curée.

123. — Autre groupe : Dieux et Déesses.

124. — Statuette : Le Chasseur.

125. — Autre Statuette : Petite Fille au masque.

126. — Charmante Statuette : Jeune Homme tenant des fleurs.

127. — Deux très-belles Statuettes en ancienne porcelaine tendre de Chelsea. Jardinier et Jardinière entourés de feuillages et formant flambeaux.

128. — Beau Plateau en ancienne porcelaine espagnole.

129. — Deux grands et beaux Vases à anses de serpents, en ancienne faïence de Castelli, décorés de figures.

130. — Deux petits Vases en faïence d'Urbino.

131. — Deux grands vases chine, décor de figures.

132. — Deux autres de même genre, avec anses formées par des oiseaux.

133. — Charmant petit Surtout de Table en saxe, monté en bronze doré, avec toiture de feuillage, supporté par quatre colonnettes saxe, ornées de Vases.

134. — Très-joli petit Service à thé en saxe, à fond carminé, composé de six tasses, sucrier, théière et pot à lait.

135. — Deux Petites Salières en ancienne faïence d'Urbino.

136. — Encrier également en ancienne faïence d'Urbino.

137. — Statuette en ancienne porcelaine tendre de Chelsea, représentant Neptune.

138. — Autre Statuette de même fabrique. Jeune Femme tenant des fleurs.

139. — Bel Encrier en saxe : Louis XVI, décoré de bouquets de fleurs.

140. — Autre Encrier, même époque, en porcelaine de La Haye.

141. — Deux Vases en vegwood, ornés de têtes de Satyre en bronze doré.

142. — Petite Pendule bronze doré, ornée de fleurs de Saxe et d'une statuette en Céladon.

143. — Poignée de canne Louis XV, avec tête de femme en saxe, décor de figure, d'après Watteau.

144. — Boîte en vieux saxe, avec décors à l'intérieur, d'après Wouvermans.

ARGENTERIE ANCIENNE

145. — Huilier en argent, époque Louis XIV.

146. — Moutardier en argent, époque Louis XIV.

147. — Petit Baguier en argent doré et cristal de roche.
orné de figurines

148. — Autre Baguier en argent doré, formépar une feuille.
travail russe.

149. — Petit Pot à lait en argent repoussé Louis XVI.

150. — Théière de même travail.

151. — Autre Théière époque Louis XV, travail français.

152. — Petit Vase à couvercle en cristal de roche, travail en
relief. monture à jour et argent doré.

153. — Petite Statuette en argent, sur socle, en lapis lazzuli.

154. — Deux Flambeaux en argent, époque Louis XIV.

155. — Petit Couvert en argent doré Renaissance, dont le
haut est formé par des têtes.

156. — Grande Cafetière en argent. époque Louis XIV.

OBJETS DIVERS DE VITRINE

IVOIRES, ETC.

157. — Très-curieux petit Modèle de Carrosse Louis XIV, en
bois sculpté et peint, à panneau fleurdelisé.

158. — Boîte à ouvrage en ivoire marqueté. travail oriental.

159. — Petit Lustre orné de cristaux.

160. — Quatre petits Plats en cuivre gravé et repoussé.

161. — Galerie de cheminée en fer forgé.

162. — Porte-Bouquet en cristal monté en bronze doré.

163. — Brûle-Parfum en porcelaine de Paris.

164. — Très-belle feuille d'éventail représentant la toilette de Cléopâtre.

165. — Autre feuille d'éventail : Personnages en costume Louis XVI.

166. — Très-beau Groupe en terre cuite de Clodion : Nymphe et Satyre.

167. — Flambeau de Mosquée en bronze niellé.

168. — Joli Flambeau de bouillotte, style rococo, bronze doré.

169. — Beau Groupe en ivoire : Henri IV et Sully, ancien travail de Dieppe.

170. — Groupe en albâtre : L'enlèvement de Proserpine.

171. — Vase en ancien bronze Tonkin, entouré d'anneaux.

172. — Deux beaux Éléphants, richement caparaçonnés, ancien bronze chinois.

173. — Coffres de mariage en bois des îles, garniture en bronze doré.

174. — Petit Vase en coco sculpté, orné d'une statuette en
   argent.

175. — Boîte en agate montée en or, avec médaillon émail.

176. — Encrier en granit gris, orné d'acier.

177. — Joli petit Flambeau en ambre, monté en bronze
   doré.

178. — Quatre charmantes Statuettes en ivoire, représentant
   les Saisons, sur socle et griotte d'Italie.

179. — Deux petites Statuettes ivoire : Jardinier et Jardinière.

TABLEAUX, MINIATURES ET DESSINS

BEAUBRUN.

180. — Portraits des nièces de Mazarin :
   Laure Mancini, duchesse de Mercœur.
   Olympe Mancini, duchesse de Soissons.
   Marie Mancini, connétable Colonna.
   Hortense Mancini, duchesse de Mazarin.
   Marie-Anne Mancini, duchesse de Bouillon.

RUYSDAEL (Salomon).

181. — Le Passage du Bac.

NATTIER.

182. — Portrait de Dame en Magdeleine.

LÉLY (Chevalier).

183. — Portrait de Personnage en cuirasse, avec collerette.

DANLOUX.

184. — Portrait de Dame en costume Louis XVI.

HUYSMANS DE MALINES.

185. — Grand Paysage, avec figures et animaux.

VANLOO.

186. — Portrait d'Homme revêtu d'une cuirasse.

GORBUS.

187. — Portrait de Dame en collerette et riche costume.

NAUTEUIL (R.).

188. — Portrait de Henriette de France.

FRAGONARD.

189. — Le Sommeil et la Toilette.

> Deux charmants petits dessins au crayon de couleur, formant pendants.

FRAGONARD.

190. — Jeune Femme en buste, tenant une fleur à la main.

SCHALL.

191. — Réunions de Dames et de Seigneurs dans un parc.

MIGNARD.

192. — Portraits des enfants de Mme de Montespan.

> Ils sont représentés assis dans un parc avec des oiseaux et des chiens.

MIGNARD.

193. — Portrait de Mme de Thianges.

> Elle est représentée, dans un paysage, entourée d'amours.

FRAGONARD.

194. — Portrait d'une Dame sous les traits de Vénus.

DUPLESSIS.

195. — Portrait d'une Jeune Chanoinesse.

VERDUSSEN.

196. — Le Marché au poisson.

LAUCRET.

197. — La Surprise.

WOUVERMANS (Pierre).

198. — La Halte chez le maréchal-ferrant.

LÉPICIÉ.

199. — Portrait de petite Paysanne tenant un livre.

GASCAR.

200. — Portrait d'un Personnage tenant une pipe à la main.

CLOUET (*École de*).

201. — Portrait de Henri II en buste, vu de profil.

SCHENEAU.

202. — La petite Bergère.

VASARI.

203. — La Sainte Famille.

GREUZE.

204. — Charmante Tête de jeune Fille (esquisse).

GREUZE (*École de*).

205. — Tête de jeune Fille (pastel).

OUDRY (J.-B.).

206. — Nature Morte.

VAN DER WERF.

207. — Portrait de Christine de Suède.

> Elle est représentée en costume guerrier. (Une fine pein-
> ture dans son cadre en ébène, orné de pierres dures).

HUOT.

208. — La Conversation.

> Charmante petite peinture dans le goût de Watteau, avec
> une riche bordure à jour ancienne.

ÉCOLE FRANÇAISE.

209. — Miniature sur vélin, époque Louis XIV, représentant
une Fête Chinoise.

ÉCOLE FRANÇAISE.

210. — Portrait de Dame allaitant son enfant.

E. J. (*Signé*).

211. — Petite Marine.

BESANGER (*Signé*).

212. — Fumeur à sa fenêtre.

BESANGER.

213. — Ménagère.

Pendant du précédent.

HUBERT-ROBERT.

214. — La Collation champêtre.

ÉTOFFES ET TAPISSERIES

215. — Deux très-belles Bandes en ancienne tapisserie, réprésentant deux colonnes entourées de

216. — Tapis de mosquée en drap vert, avec ornements brodés en relief.

217. — Autre Tapis en drap marron, avec ornements brodés en fin.

218. — Belle Portière en satin de Chine, avec décors de figures et de paysages.

219. — Grande Tapisserie d'après Rubens.

220. — Sous ce numéro les objets omis au présent catalogue.

PARIS. — Impr. J. CLAYE. — A. QUANTIN et Cᵉ, rue Saint-Benoît. — [623]